Let's Learn Putonghua Picture Book
快樂普通話繪本

小猴子去溫泉

文 / 布恩　圖 / 劉瑤

xiǎo hóu zi de yé ye nián jì dà le　　tiān lěng de shí hou chángchán

小猴子的爺爺年紀大了，天冷的時候常常

huì yāo téng　　chángcháng zài jiā li　　āi yō āi yō　　de jiào
會腰疼，常常在家裏「哎喲哎喲」地叫。

小猴子聽說溫泉水能醫百病，他心裏想：

huò xǔ　　pào wēn quán néng zhì hǎo yé ye de yāo téng
「或許，泡溫泉能治好爺爺的腰疼？」

秋天最後一片葉子落下來了，冬天快要來了，

<ruby>小<rt>xiǎo</rt></ruby><ruby>猴<rt>hóu</rt></ruby><ruby>子<rt>zi</rt></ruby><ruby>決<rt>jué</rt></ruby><ruby>定<rt>dìng</rt></ruby><ruby>帶<rt>dài</rt></ruby><ruby>爺<rt>yé</rt></ruby><ruby>爺<rt>ye</rt></ruby><ruby>去<rt>qù</rt></ruby><ruby>泡<rt>pào</rt></ruby><ruby>溫<rt>wēn</rt></ruby><ruby>泉<rt>quán</rt></ruby>，<ruby>可<rt>kě</rt></ruby><ruby>是<rt>shì</rt></ruby><ruby>溫<rt>wēn</rt></ruby><ruby>泉<rt>quán</rt></ruby><ruby>在<rt>zài</rt></ruby><ruby>哪<rt>nǎ</rt></ruby><ruby>裏<rt>li</rt></ruby>？

xiǎo hóu zi pǎo qù wèn　　bǎi shì tōng　shān yáng yé ye
小猴子跑去問「百事通」山羊爺爺。

山羊爺爺說：「温泉在大山的另一邊。大山非常遠，也非常高啊！」

<ruby>小<rt>xiǎo</rt></ruby><ruby>猴<rt>hóu</rt></ruby><ruby>子<rt>zi</rt></ruby><ruby>向<rt>xiàng</rt></ruby><ruby>山<rt>shān</rt></ruby><ruby>羊<rt>yáng</rt></ruby><ruby>爺<rt>yé</rt></ruby><ruby>爺<rt>ye</rt></ruby><ruby>道<rt>dào</rt></ruby><ruby>謝<rt>xiè</rt></ruby><ruby>後<rt>hòu</rt></ruby>，<ruby>就<rt>jiù</rt></ruby><ruby>和<rt>hé</rt></ruby><ruby>爺<rt>yé</rt></ruby><ruby>爺<rt>ye</rt></ruby>
<ruby>出<rt>chū</rt></ruby><ruby>發<rt>fā</rt></ruby><ruby>了<rt>le</rt></ruby>。

tā men zǒu le sān tiān　zhōng yú dào le shān jiǎo xia
他們走了三天，終於到了山腳下。

爺爺問：「甚麼時候可以到溫泉？哎喲哎喲，冬天快要來了……」

lù guò de xiǎo mǎ shuō 　　nǐ men kuài dào wēn quán le　wēn quán
路過的小馬說：「你們快到溫泉了，溫泉
zài dà shān de lìng yī biān　pá guò zhè zuò shān jiù dào le
在大山的另一邊，爬過這座山就到了。」

<ruby>小<rt>xiǎo</rt></ruby> <ruby>猴<rt>hóu</rt></ruby> <ruby>子<rt>zi</rt></ruby> <ruby>扶<rt>fú</rt></ruby> <ruby>着<rt>zhe</rt></ruby> <ruby>爺<rt>yé</rt></ruby> <ruby>爺<rt>ye</rt></ruby> <ruby>爬<rt>pá</rt></ruby> <ruby>上<rt>shàng</rt></ruby> <ruby>山<rt>shān</rt></ruby> <ruby>頂<rt>dǐng</rt></ruby>。

zhù zài shān dǐng de xiǎo gǒu hé xiǎo huáng　qǐng tā men chī le
住在山頂的小狗和小黃，請他們吃了

xiāng pēn pēn de jī dàn tāng　miàn bāo hé píng guǒ jiàng
香噴噴的雞蛋湯、麵包和蘋果醬。

xiǎo hóu zi hé yé ye zhōng yú pá guò le dà shān　zhè shí
小猴子和爺爺終於爬過了大山，這時
hou　xuě huā luò xià lái le
候，雪花落下來了。

ā　　dōng tiān lái le　　kě shì wēn quán zài nǎ li
啊，冬天來了！可是溫泉在哪裏？

爺爺問：「甚麼時候可以到溫泉？哎
喲哎喲，冬天來了……」

xiǎo hóu zi hěn zháo jí　　tā kuài yào kū le　　tā bēi zhe
小猴子很着急，他快要哭了。他背着

yé ye nǔ lì de xiàng qián pǎo
爷爷努力地向前跑。

chuān guò shù lín　　xiǎo hóu zi kàn dào qián miàn
穿過樹林，小猴子看到前面

yī tuán yī tuán dà dà de　　bái bái de yān
一團一團大大的、白白的煙。

shì wēn quán hěn duō hóu zi zài pào wēn quán a dà jiā
是温泉！很多猴子在泡温泉啊！大家
de liǎn dōu hóng hóng de
的臉都紅紅的。

有的在擦背，有的在洗臉，有的在玩水，有的在唱歌，好歡樂啊！

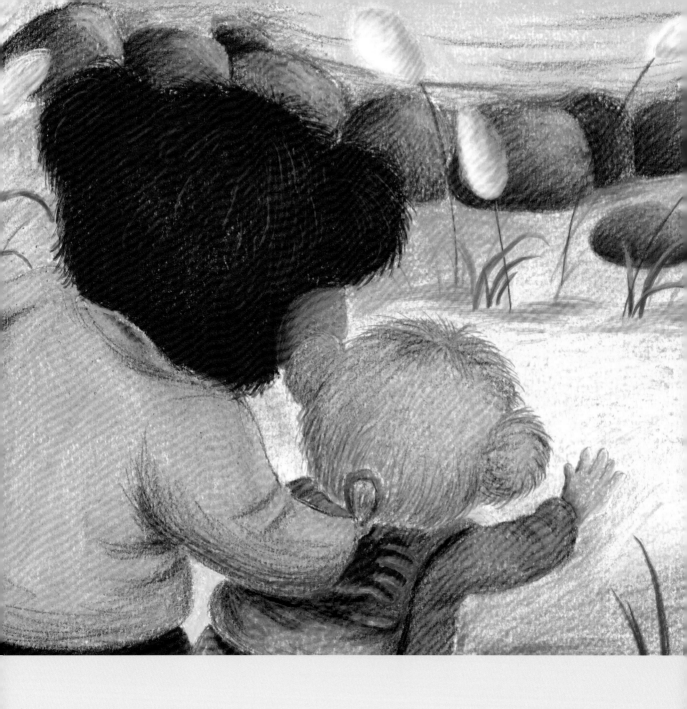

<ruby>一<rt>yī</rt></ruby> <ruby>個<rt>ge</rt></ruby> <ruby>紅<rt>hóng</rt></ruby> <ruby>臉<rt>liǎn</rt></ruby> <ruby>膛<rt>táng</rt></ruby> <ruby>的<rt>de</rt></ruby> <ruby>猴<rt>hóu</rt></ruby> <ruby>子<rt>zi</rt></ruby> <ruby>叔<rt>shū</rt></ruby> <ruby>叔<rt>shu</rt></ruby> <ruby>說<rt>shuō</rt></ruby>：「<ruby>你<rt>nǐ</rt></ruby> <ruby>們<rt>men</rt></ruby> <ruby>快<rt>kuài</rt></ruby> <ruby>來<rt>lá</rt></ruby>

<ruby>啊<rt>a</rt></ruby> ！<ruby>這<rt>zhè</rt></ruby><ruby>裏<rt>li</rt></ruby><ruby>的<rt>de</rt></ruby><ruby>温<rt>wēn</rt></ruby><ruby>泉<rt>quán</rt></ruby><ruby>水<rt>shuǐ</rt></ruby><ruby>能<rt>néng</rt></ruby><ruby>醫<rt>yī</rt></ruby><ruby>百<rt>bǎi</rt></ruby><ruby>病<rt>bìng</rt></ruby><ruby>呢<rt>ne</rt></ruby>！」

pū tōng pū tōng xiǎo hóu zi hé yé ye tià
撲通！撲通！小猴子和爺爺跳

in le nuǎn nuǎn de wēn quán li　　hǎo shū fu ne
進了暖暖的温泉裏，好舒服呢！